2024년 제4회

한탄강문학상
수상 작품집

재단
법인 **종자와시인박물관**
SEED&POET MUSEUM

2024년 제4회

한탄강문학상
수상 작품집

제4회 한탄강문학상 수상 작품집을 발간하며

신 광 순 / 종자와시인박물관 관장

농부는 흙에 씨를 뿌리고
詩人은 사람의 가슴에
씨를 뿌리는 사람이다

고대문명의 발상지인 연천 한탄강의 문화를 알리고 배우
기 위해 제정한 한탄강문학상이 이렇게 많은 사람에게 호
응을 얻고 큰 여울이 되어 가고 있습니다.
세월은 흐르는 물과 같다고 했는데 흐르는 물보다 빠른
것이 세월인 것 같습니다.

문화라는 꽃은 혼자서 피우는 것이 아니고 여럿이 함께 가꾸고 키워나가는 것임을 다시 한번 실감하면서 한탄강 문학상에 응모해 주신 분들과 운영위원님들 그리고 연천 군수님과 관계자 여러분께 진심으로 감사의 말씀을 올립니다.

한탄강은 오늘도 무엇을 전하러 가기에 저리도 빈 모습을 하고 굽이져 흐르는지 모르겠습니다.

우리 항상 변함없이 강물 따라 흘러가며 우리 연천과 한탄강의 아름다운 문화를 세상에 전달하며 삽시다.

고맙습니다. 제가 올리는 큰 절 받으세요.

2024년 10월 19일

종자와시인박물관장 신광순 올림

제4회 한탄강문학상 수상 작품집 발간을 축하하며

김 덕 현 / 연천군수

안녕하십니까, 연천군수 김덕현입니다.

2024년 제4회 『한탄강문학상 수상집』 발간을 진심으로 축하드립니다. 이 뜻깊은 자리를 빛내주신 재단법인 종자와시인박물관의 신광순 관장님을 비롯한 모든 관계자 분들께 깊은 감사의 인사를 전합니다.

한탄강문학상은 단순히 지역을 소개하는 것을 넘어, 우리 연천과 한탄강을 중심으로 한 자연과 역사를 문학적 감성으로 풀어내는 중요한 역할을 하고 있습니다. 수상작들은 한탄강의 물결처럼 다양한 감정과 생각을 담아내며,

연천의 새로운 이야기를 독자들에게 전해주는 귀한 작품들입니다.

이번 수상 작품집을 통해 연천의 자연과 문화, 그리고 그 속에 담긴 인간의 삶을 재조명하게 되어 매우 기쁩니다. 문학은 우리에게 깊은 사유와 감동을 안겨주며, 특히 이번 수상작들이 그런 역할을 충분히 해냈다고 생각합니다. 대상을 수상하신 분을 비롯한 모든 수상자 여러분께 진심으로 축하의 말씀을 전하며, 앞으로도 더 많은 문학 활동을 통해 지역사회의 문화적 풍요로움을 이어가길 기대합니다.

끝으로, 이번 한탄강문학상이 성공적으로 마무리되기까지 애써주신 종자와시인박물관의 관계자분들과 심사위원님들께 깊이 감사드리며, 앞으로도 연천이 문학과 예술로 더욱 풍성해지길 바랍니다.

감사합니다.

2024년 10월

연천군수 김 덕 현

차 례

제4회
한탄강문학상
수상 작품

Yes, 연천!

제4회
한탄강문학상 작품 공모

한탄강 유네스코 세계지질공원 인증을 기념하고, 연천군과 (재)종자와시인박물관을 대내외적으로 홍보하고 국민의 문학창작 의욕 고취 및 한국문학 발전에 기여하기 위하여 제4회 한탄강문학상 작품을 아래와 같이 공모합니다.

응모기간: 2024. 7. 1 (월) ~ 8. 31 (토) 17:00시 까지 접수된 작품에 한함

응모 부문 : 시 또는 시조

연번	응모 부문	접수 기준
	시 또는 시조	5편 (지정한 주제와 내용이 담길 것)

응모 자격 : 공고일 기준 만 20세 이상

주제와 내용 : 아래의 주제와 내용이 담기면 됨
1) 한탄강과 연천의 비경이나 애환 2) 한반도의 분단과 통일
3) 용서와 화해, 사랑, 평화

응모 방법 : A4용지에 한글문서로 작성 (글자크기 12P, 출간격 160) 후 이메일 또는 우편 제출
- 시나 시조 : 5편
- 작품 길이 : 시 1편은 25행 이내, 시조는 연시조의 경우 1편을 3수 이내로 함

시상 내역

연번	시상내역	인원	부 상
1	대상	1명	상패 및 상금 500만원
2	금상	1명	상패 및 상금 200만원
3	은상	2명	상패 및 상금 각 100만원
	합계	4명	900만원

제출 서류 : 응모신청서, 개인정보동의서, 공모기일 이전 발표되지 않은 창작품 5편
- 응모신청서 및 응모작품 서식
  종자와시인박물관 홈페이지(http://www.fspmlove.co.kr)
  한탄강문학상운영위원회 카페(https://cafe.daum.net/fspm)

2024년 6월 1일

주관 | 한탄강문학상 운영위원회   주최 | 종자와시인박물관   후원 | 연천군

응모 기획 2024. 7. 1 (월) ~ 8. 31 (토) 17:00시 까지 접수된 작품에 한함

접수 방법 : 전자접수 : fspmlove@hanmail.net
우편접수 : (우)11018) 경기도 연천군 연천읍 현문로 433-27
종자와시인박물관내 한탄강문학상 운영위원회

당선작 발표 : 2024. 9. 30 (월) (재)종자와시인박물관 홈페이지 발표 및 수상자 개별통지

시상식 : 2024. 10. 12 (토) 14:00 **시상 장소 :** 종자와시인박물관

문의처 : 종자와시인박물관 한탄강문학상 운영위원장(010-5201-6972)
종자와시인박물관 운영위원회 사무국장(010-2442-1466)

◆ 기타 사항 : 소정 양식 첨부

(1) 응모신청서 작성 요령
 [서식1] 응모신청서 1부(응모자 인적사항 성명, 주소 및 전화번호, 이메일 등 기재와 응모작품 서식)
 [서식2] 시 또는 시조 5편을 제출, 응모작품에는 개인 신상 내용 기록 불가
(2) 반드시 본명으로 응모할 경우, 익명과 이명으로 응모할 경우, 시상 이후라도 시상을 취소하며 상금과 상패를 반납하고 그에 따른 피해에 대해 배상하여야 함
(3) 모든 응모작품은 아래 한글 문서로 작성 제출 작품 외에 인적 사항 등 일체의 표시 금함
(4) 접수받은 응모작품은 반환하지 않으며 이상의 공고일 이전에 발표하지 않은 순수 창작 작품이어야 함
(5) 표절 및 모방 또는 중복 응모하여 입상한 사실이 확인될 경우 시상을 취소하며 즉시 상금과 상패를 회수함 또한 응모자의 부정에 의한 문제가 발생할 경우 모든 법적, 도덕적 책임을 져야 함
(6) 당선작의 저작권은 본인 소유이며, 단, 향후 3년간 (재)종자와시인박물관에 귀속함 (당선 작품, 인물 사진, 당선 소감은 수상집에 수록하며 작품 공개에 동의하여야 함)
(7) 당선 상금은 제세공과금을 제외하고 수여함

제4회 한탄강문학상 수상 작품

■ 대상

「통로가 되고 싶은」 외 4편

홍 영 수
* 시인, 문학평론가
* 매일신문시니어 문학상, 보령해변시인학교 금상 수상.
  코스미안상 대상(칼럼), 순암 안정복 문학상 수상
  아산문학상 금상 수상, 최충 문학상 수상
* 시집 『흔적의 꽃』, 시산맥사, 2017.

통로가 되고 싶은

홍 영 수

남과 북 사이에 가로 놓인 나
반도를 가로지르며 한 가운데 서 있다.
훈민정음은 쭈뼛쭈뼛한 철조망의 등뼈를 오르내리고
심장 깊숙한 곳에는 같은 피가 흐르는데
가슴과 가슴 사이에는 내가 있어
오가야 할 언어의 날갯짓은 죽지를 접은 지 오래다.
그리움과 보고 싶음의 틈바구니에
멋쩍은 듯 녹슨 자세로 서 있는 나는 누구일까
서로의 오감이 끊겨버린 사이에 선 두꺼운 벽
그렇게 가로막은 호적의 뿌리를 뽑아버리고
흔적마저 지우고 무너뜨려서 이어주고 싶어
장애물이 아닌 통로가 되고 싶은 거야
뜨거운 심장으로 더불어 살아야 할 너희들이
모질고 모진 세태의 틈새에 나를 세워놓은 거야
마음에서 마음으로 이어지는 세상은 없는 걸까
장애물의 벽이 아닌 희망의 통로가 될 수 없는 걸까

나를 무너뜨릴 수 있는 건 오직 너희들뿐이야.
더불어 걷는 길이 되고 맞잡은 손이 되고 싶다면
함부로 내뱉은 언어와 칼날의 벽을 쌓지 말고
귀를 가리는 장막을 걷어야 해
그날을 빗을 때까지
난 망부석이 되어 서 있을 거야.

큰 여울, 그녀

홍 영 수

긴 세월 그녀의 입술은 움직임이 없다.
역사의 굴곡과 분단의 얼개로 흐르면서
갈라져 찢긴 상처와 슬픈 앙금을 물살에 안고
큰 여울, 그녀의 말 없는 비밀이 흐르고 있다.

하 많은 세월 한恨도 탄식도 하지 않고
귀도 버리고, 입도 버리고, 자신마저 버리면서
위 아랫녘의 어우러진 굽고 휜 물굽이를
돌고 돌아 흐르면서 표정마저 지워버렸다.
그녀의 낯빛은 아직도 어둠이다.

소沼를 만나면 잠시 머물고 여울목에선 서두르고
경계를 지운 위아래 물끼리 맨살 버무리며
입 닫은 물살로 한 몸이 되어
더 깊숙한 곳으로 통정하듯 살을 섞고 있다.

물 맑은 얼굴로, 때론 분탕 칠의 붉덩물로
강둑을 벌창하고 길을 물마지게 하면서
낮은 자세로 제 몸 옮겨가는
말 없는 큰 여울, 그녀가
강물의 언어로 평화를 그리며 흐르고 있다.

신답리 고분

홍 영 수

일천오백의 세월이 묻혀 있다
무관심을 머리에 이고 땅속 깊이 드러누운
말 무덤이라 불리며 외면받는 그곳에
고구려의 영혼이 잠들어 있다는 것을
아는지는 불과 얼마 전 일이다.
논밭을 일구는 쟁기질에
탈골된 그들의 사지와 이목구비가 갈아엎어지고
긴 시간의 아랫도리를 한탄강에 씻기면서
망각의 기억 속에 검은 돌을 베고 누워 있다.
무너지고, 깨트려 지고 흩어질 때마다
지하에서 깨어난 석물들은 한탄하지 않으면서
두 개의 고분을 둥근 세월의 포대기로 감싸고 있다.
강물은 긴 역사의 그림자를 안고 흐르고
고분은 지금껏 옛 강변의 갈대를 추억하지만
그곳을 기억하는 사람은 없다.
잊고 잊히며 살아온 지 오랜 세월

지금은 까맣게 잠든 석실이 깨어나고
담장과 축대에서 뛰쳐나온 고분의 석재들이
지난날과 오늘의 틈바구니에 서 있다.
그 사이에 층층의 역사는 또 하나의 층을 더하고
큰 여울도 흘림체의 서사를 쓰면서 흐르고 있다.

재인폭포

홍 영 수

맑고 흰 수직의 함성으로 낙하하는
물기둥의 내리꽂음을 견디는 가마소
온전한 자세로 받아 감싸 안는 것은
넉넉한 포용의 또 다른 이름인가.

억겁 세월의 시끄러운 물줄기의 소음을
천상의 소리로 듣고 있는 주상절리
올곧게 낮춘 자의 도저한 품격은
오롯이 귀만 기울이고 말없이 서 있는 것인가.

검은 절망 같은 현무암의 틈새 사이로
작은 물 알갱이들이 휘날리며 피우는 방울꽃,
밝은 희망이란, 방울꽃이
직벽의 허리춤에 오색 무지개를 피워내는 것인가.

솟구치는 용암의 뜨거운 숨 덩이를

소롯이 껴안은 지장봉 산날망의 티 없는 순수
그렇게 시비도 없는 열린 마음의 재인才人은
텅 비운 자의 꽉 찬 안음인가.

반도의 반달

홍 영 수

온달이 떴네, 남녘의 하늘에
반도를 비추는 둥그런 달빛
태극의 위아래가 한 몸으로 빛나네.

창고에 드리운 갑작스러운 먹구름
멀리 밖에서 불어오는 칼바람에
황당하게 잘린 반 토막
그 위를 비추는 건 반달이네

불어 내려오고
불어 올라오는
이념의 냉풍과 온풍은
오르내리지 못하고
배꼽에 멈춰선 바람은
자유롭지만
바람일 뿐이네

두 개의 물방울이 만나면
하나의 물방울이 되듯
반달과 반달이 만나면 온달이 되겠네

삼십팔 인치 허리를 동여맨
철 띠를 풀고
온달 아래 멍석 깔아
한 울림 판 놀이를 기다리겠네.

■ 수상 소감

홍 영 수 / 제4회 한탄강문학상 대상 수상자

저 작은 물 알갱이의 방울꽃과 무지개를 보라! 작년 여름, 재인폭포를 갔다. 폭우가 내린 뒤의 방울꽃과 직벽 현무암의 허리춤에서 반달로 핀, 생경한 듯 익숙한 무지개의 오색 빛 향연에 한동안 눈을 뗄 수 없었다. 그것은 환희의 꽃이고 싱그러운 생명이며 텅 빈 가슴에 고동치는 한울림의 맥놀이였다.

 출근길 아침, 받지 못한 전화 때문에 휴대폰 문자로 수상 소식을 접했다. 순간, 환희의 '방울꽃'과 빛의 향연인 '무지개'가 주마등처럼 스쳤다. 연천 지역의 이곳저곳을 답사하면서 묘계질서(妙契疾書)를 충실히 해 놓았던 비망록, 그 안에서 요가 중이고 명상 중인 자음과 모음의 뒷덜미를 펜의 죽비로 내리쳐서 깨웠었다. 그때 화들짝 놀란 '기역니은'과 '아야어여'의 영감을 떠올리며 시를 썼다.

 먼저, 한없이 부족한 졸시에 날개를 달아주신 심사위원님들께 감사드린다. 그리고 '소새동인'을 이끌어 주신 박수호 선생님과 이문회우님, 밤늦은 시간의 자판 소리에도 말없이 응원해 준 옆지기와 두 딸에게도 감사함과 고

마음을 전하고 싶다. 앞으로 구석지고 결핍된 시법과 시품을 가슴에 안고 심사위원님들의 응원을 소롯이 껴안아 문질빈빈(文質彬彬)의 시작(詩作)을 하려 한다.

제4회 한탄강문학상 수상 작품

■ 금상

「포탄밥」 외 4편

최 재 영

* 강원일보, 한라일보, 대전일보 신춘문예 당선
* 방송대문학상 대상. 산림문화대전 대상. 김포문학상 대상
* 시집 『루파나레라』, 『꽃피는 한시절을 허구라고 하자』, 『통속이 붉다 한들』

포탄밥

최 재 영

포탄이 밥이 될 수 있다니,
수풀 무성한 수몰지를 걷는다
행여 칼날 같은 고철을 밟을까
바람도 한쪽으로만 불어대고
포탄밥을 고봉으로 지어내던 사람들은
모두 어디로 갔을까
서걱이는 잡풀 사이
잔뜩 녹이 슨 새들은 수시로 튀어오르고
발목 잘린 노을이 피어날 때면
새 울음도 붉게 자지러지는 곳
지뢰는 흩날리는 꽃잎처럼
눈부신 허공으로 무차별 피어나곤 했다
전쟁보다 더 처절했던 생의 길목에서
아직도 달빛은 물기 가득한 울음으로 출렁이고
물고기를 잡고 포탄 고철을 줍던 어미 아비들
물 속은 오히려 난공불락의 요새였을까

충혈된 쇳소리를 잠재우며
고문리의 계절이 피었다 진다
적막이 내려앉은 수몰지
피눈물의 포탄밥을 기억하는지
여기저기 붉은 꽃망울 지천이다

* 포탄밥 : 2016년에 수몰된 고문리에서 사람들은 포탄 고철을 주워 자식들을
공부시키며 생계를 이어왔으므로, 그 포탄이 사람을 살리는 "포탄밥"이었다고
하는 안내문이 수몰지에 세워져 있다.

노인의 독서
- 월정리역에서

최 재 영

폐역이 된 월정리역에서
노인은 매일 같은 장소를 읽는 중이다
창밖으로 열차가 지나자 우툴두툴 덜컹이는 글자들
모퉁이를 돌 때마다 구름을 불러 모으고
저 싸륵거리는 흰 눈은 몇 페이지 쯤에서나 그칠까
돋보기를 고쳐 써도 흐릿하기는 매한가지다
통증이 치밀 때마다 더 매서워지는 눈발
활자 사이를 오가는 두 다리가
오래전 잃어버린 시간을 서성이는지
절단된 발목 부근이 시큰거린다
생의 어느 대목인들 아프지 않을 곳이 있겠는가
곪아터진 자리가 아물기도 빠른 법이다
이즈음 어딘가에 두고 온 다리는
그가 건너지 못한 이쪽과 저쪽
길고도 긴 터널을 단숨에 건너갔을까
노을빛 선명한 건널목에 서면
오래된 상처들이 꽃처럼 피어 일어서고

아무리 탐독해도 어둠은 읽히지 않는다
욱신거리는 기억을 호명하며 열차가 들어서면
칸칸이 어깨를 내주던 간이역들
오래전의 기적소리를 따라
아직 읽지 않은 곳을 짚어본다
그럴 때마다 노인의 청춘이 별빛처럼 돋아나고
저 켠에 앉아 손을 흔드는 노인은
해맑은 이십 대의 청년으로 돌아가 있는지도 모른다

한탄강을 읽다

최 재 영

두루미를 가만히 읊조리면
적막이 먼저 날아오릅니다
입 안 가득 비상하는 날갯짓
이곳은 태고의 숨결로 일렁이고
한탄강의 물길도
묵직한 호흡을 내뱉으며 분계선을 넘습니다
시베리아 동토에서 허리 잘린 한반도까지
그들의 풍향계는 남쪽을 향해 있었겠지요
추위를 털어내는 고단한 착지에
일순 앞산의 높이도
힘겹게 내려앉습니다
산과 들이 몸을 낮추면
북녘의 누군가도 기꺼이 안부를 보내올까요
지나온 곳을 돌아보는지
긴 목을 들어 응시하는 두루미 떼
거기 숨죽이며 내달려온 여울이

우렁찬 기백으로 새들을 받아냅니다
새들의 군무에 남과 북이 동시에
속내 풀어놓듯 포연같은 물안개를 피워내고
한탄강은 철새들의 유구한 필법으로
뜨겁게 휘돌아 나가는 중입니다

학저수지

최 재 영

저수지 한 켠에 연꽃이 한창이다
학들이 앉았던 자리마다
겨울 내내 별자리를 품고 있었을까
눈부신 은하의 궤적으로 돋아나는
한여름 염천의 행보는
하나하나 화엄의 문장이다
아스라이 물안개 흐르면
청사초롱 환한 등꽃을 피워올려
절정으로 몸을 여는 학저수지
제일 먼저 금학산이 우듬지를 적시고
제 그림자를 그윽이 들여다보며
연꽃은 피(彼)와 차(此)의 경계를 피워내는 중이다
적막의 길은
물속 깊이 이르러서야 완성되는가
가늠할 수 없는 깊은 고요를 딛고
파죽지세로 피어나는 한낮의 염화미소들
혈혈단신도 꽃이 된다는 걸 말하는지

여름마다 푸른 저수지 가득
향기로운 화엄경이 펼쳐지고
학을 닮은 연꽃좌(座)
무더기로 피고 지는데

재인폭포에 들어

최 재 영

수십만 년 전 굳어진 용암의 길을 걷는다
격렬한 몸부림에 한세상이
열렸다 닫히고
바람은 차마 이곳을 다 건너지 못했으리라
분출하는 용암을 들이려
협곡은 기꺼이 제 몸을 열었을 터
아직도 가쁜 숨을 몰아쉬는지
패이고 뒤틀린 절리의 틈마다
굵은 나무들이 힘차게 뻗어있다
절벽을 터전 삼아 살아낸 것들은
위험천만도 생의 기원이 된다
오래전 외줄을 타던 재인(才人)도
허공은 발붙일 터전이었을 것이다
거대한 늑골마다 푸른 물줄기 아득하고
그때 별들은 유성우처럼 쏟아졌을까
겹겹이 뜨거운 우주를 품고

주상절리는 태고의 흔적을 기록하는 중이다
거센 폭포 소리 계곡을 가로지르면
수직과 팽창의 간극으로
폭설이 휘날리고
강은 다시 처음인 듯 몸을 뒤틀어
굽이굽이 북의 소식을 귀띔해주곤 한다

■ 수상 소감

최 재 영 / 제4회 한탄강문학상 금상 수상자

한 달 가량 한탄강의 유구한 내력을 검색하고 훑어보며 참으로 가슴이 벅차올랐습니다. 우리나라에 이렇게 아름답고 오랜 역사를 지닌 자연경관이 존재한다는 것이, 더구나 눈으로 직접 확인할 수 있는 명품의 장엄한 풍광이 있다는 것이 얼마나 뿌듯한 일인지요. 그러나 한 편으로는 남북분단의 상처를 온몸으로 겪었을 한탄강과 철원 등지의 산하 -하긴 한반도 전체가 통한의 시간을 겪지 않은 곳이 없으리- 를 생각하니 또한 안타깝기 그지없습니다. 이러한 절경을 후손들에게 훼손없이 고스란히 물려줘야겠다는 일종의 엄숙한 사명감도 느끼며 시작(詩作)을 하였습니다. 그런 염원 덕분인지 좋은 결과를 얻게 되어 참으로 가슴 뿌듯하기도 합니다. 여름 휴가 때 연천의 재인폭포를 지인께서 추천해주셨는데 가 보길 잘했다는 생각입니다. 그로 인해 포탄고철을 주워 밥(생계)을 연명할 수 있었고 자식들을 공부시킬 수 있었던 고문리 사람들의 삶의 고단함을 한 편의 詩로 엮을 수 있었던 것 또한 개인적으로 커다란 수확이라 할 수 있겠지요. 한 시대를 풍미하며 치열하게 생을 살아내어 역사를 만들어 낸 수몰지의 사람들과 연천, 철원의 문화유산이 영원하길 빌며 수상 소감을 가름합니다. 작품을 선(選)해주신 심사위원, 관계자 분들께 진심으로 감사의 인사 올립니다. 감사합니다.

제4회 한탄강문학상 수상 작품

■ 은상

「목울대를 노래하다」 외 4편

박 성 민

* 목포 출생.
* 2002년 전남일보 신춘문예 시 당선. 2009년 서울신문 신춘문예 시조 당선. 가람시조문학상 신인상, 오늘의시조 시인상, 조운문학상 수상.
* 시집 『쌍봉낙타의 꿈』, 『숲을 金으로 읽다』, 『어쩌자고 그대는 먼 곳에 떠 있는가』

목울대를 노래하다

박 성 민

파도가 방파제에 물금을 만든 저녁
못 견딜 슬픔들은 목울대에 걸려 있다
파르르 떨리는 목젖
퉁퉁 부은 한탄강

북으로 흘러가는 역류천 그 어디쯤
꽃망울 밀어올리는 바람꽃의 한숨소리
망향의 실타래 풀어
강물은 또 흐르고

깊은 눈의 노인이 마시는 막걸리
울컥, 하고 목젖에 걸려 오랫동안 흐느낀다
뱉지도 삼키지도 못한
속울음이 잠긴다

전곡리 주먹도끼

박 성 민

날 것으로 뜯어먹기엔
밤이 너무 질기다

동굴 밖엔
덜덜 떨며
누군가 흐느끼는데

횃불도
제 뼈와 살을
주먹도끼로
떼어낸다

신탄리역

박 성 민

삼십 년 전 중대장 시절
거기 놓고 떠나왔다
고대산과 백마고지
무릎까지 쌓이던 눈

경원선
철도 종단점
긴 철길만 얼어붙었지

목이 긴 겨울새
북으로 날아가고
한때는 가지였던
삭정이가 부서진다

꿈마다
불 켜진 역사엔
기적 소리 들리는데

죽간竹簡을 읽다
 -한탄강 주상절리

박 성 민

시퍼런 대를 깎아 책 한 권 만들었나
파도의 날숨을 넣어 실금이 그어진 책
선사先史의 우레 소리가
일필휘지로 서있다

중생대와 신생대
돌도끼 만들던 동굴
삼국의 창칼들이 윤슬 위에 빛나던 시간
끊길 듯 다시 들리는
가야금 한 가락

총상 입은 구절마다
글자들이 소곤거린다
돌돌 말 수 있어도 접히지 않는 죽간
꼿꼿한 자존의 직립
바람의 판본(板本)이다

재인폭포

박 성 민

나 이제
여기 와서
헛된 말을 버린다

네 목소리
찰랑대는
귀 하나 걸어놓으면

떨어져
죽은 말들이
물보라로
솟구친다

■ 수상 소감

박 성 민 / 제4회 한탄강문학상 은상 수상자

연천은 내 청춘의 꿈과 열정이 새겨진 곳이다. 30여 년 전 5사단 열쇠부대에서 소대장, 본부중대장, 그리고 사단 공보장교로 근무했던 시절이 떠오른다. 대광리에서 아침 공기를 마시며 구보를 하고, 고대산의 메아리를 들으며 훈련하고, 백마고지 앞 철책을 지키며 20대 중후반을 온전히 바쳤던 시절. 초소에서 소총도 얼어붙을 추위를 견디며 근무하던 소대원들의 모습들이 떠오른다. 많은 시간이 흘렀지만, 아직도 변함없는 우리의 분단상황은 안타깝기만 하다. 한탄강에서 그렁그렁 눈물겹게 빛나던 윤슬, 그 애절하고 가슴 저린 꿈과 열망을 어찌 비좁은 원고지 칸 안에 가두어 둘 수 있으랴. 부끄럽기만 하다.

제4회 한탄강문학상 수상 작품

■ 은상

「끝나지 않은 귀환」 외 4편

이 은 영

* 제1회 경북문예현상 공모전 대상
* 제6회 최충문학상 전국 공모전 대상
* 제9회 사하모래톱 공모전 최우수상
* 제23회 지구 사랑 공모전 산업통상자원부 장관상
* 제7회 이은방 문학상 장원

끝나지 않은 귀환

이 은 영

유해 발굴이 시작되었다
전쟁은 끝났지만
아직도 상처를 차곡차곡 쟁여놓은 사람들
유가족이 유해대신 쥔 것은 빛바랜 전산 통지서 한 통
가족은 유해발굴작업으로 조그만 희망을 품었다
60년 동안 차갑고 무거운 어둠에 갇혔던
유해 발굴의 첫 삽을 뜨는 날이다
전투화에서 피가 흐르지 않는 발가락뼈가 쏟아졌고
야산에 쌓인 흙 속엔, 그 자리에서 숨구멍을 닫은 채
60년 동안 가족을 애타게 기다리고 있었다
풀잎으로 버텼던 힘겨운 시간
나무 사이로 몸을 숨겼던, 폭격에 찍힌 군인들은 간데없고
그들의 보폭이었던 신발 밑창엔 피눈물이 고였다
유해는 거대한 나무뿌리 밑에 똬리를 틀고 누워 있었다
백골을 먹으며 자란 나무는
자신의 뿌리로 삭아가는 유해를 차마 놓을 수 없어

그들의 손을 단단히 움켜쥐고 있었다
나무뿌리가 퇴적된 시간의 궤적으로
뼛속 깊이 파고든 채 살아가고 있었다
신음조차 허락되지 못한 유해 앞에서 비명조차도 꺼내지 못한다
61년의 긴 시간을 걷어내자
메마른 땅이 검붉은 눈물로 흥건히 젖었다
유해는 다리조차 펴지 못한 채 혼자 먼 길을 서서히 떠났다
그들은 모두가 너른 하늘의 별이 된
빛나는 영웅이었다

한탄강의 사람들

이 은 영

몇 번이나 얼었다 녹았다를 반복했을까
높은 두께의 얼음이 방대한 빙판 숲을 이룬다
어부들이 얼음을 깬, 물속으로 두툼한 손마디를 넣고
한탄강에서 겨울을 나던 아가미를 감아올리면
다시 물빛으로 돌아간 치어들은 물결의 높낮이를 새긴다
두꺼운 얼음 아래로 한탄강은 쉴 새 없이 흐르고 있다
가깝고도 아득하게 보이는 곳
너른 들판 끝에서 떨어진, 아찔한 절벽 끝
이곳 사람들은 출렁이는 주소를 업고 다녔다
경기도 연천군 한탄강 길 1-2번지
양옆으로 주상절리가 꽃처럼 피어난 길이다
붉어진 물빛이 기울기 다른 서사를 새겨 놓은 곳
어부에겐 가족의 허기를 채워주는 든든한 버팀목이다
강은 부모다
도시를 동경하면서도 부모의 길을 가는 자식들
강이 물길 따라 흘러가듯 삶도 물길 따라 흘러가는 것이다

강을 떠난 자식들은 연어처럼
다시 넉넉한 품을 가진 강으로 돌아왔다
강을 떠나서야 비로소 강에 대한 그리움을 알게 되었다
한탄강은 이제 자식에게 새로운 의미를 만들어 준 것이다
추수가 끝난 빈 들녘에 철새가 머문다
철새에겐 평온한 쉼터지만
한탄강은 굽이굽이 아픈 문장이 많아 통곡하며 흐른다
같은 아픔이 기대어 사는 동안 강은 그들의 고향이 되었다
한탄강의 안온한 품 안에서 춥고 기나긴 겨울을 보낼 것이다

비둘기낭 폭포

이 은 영

에메랄드빛 옷을 껴입은 물과 물이 만나
깊이가 다른 채도를 만들고
협곡을 업은 채
은밀하게 똬리를 튼 물소리의 무늬를 새긴다
좁다란 골짜기를 따라 흘러내린 둥지를 지닌
폭포수는 이곳을 지나 한탄강과 몸을 섞는다
무수한 산비둘기가 물무늬를 입은 채 날개를 펼치던 곳
비둘기가 수시로 쪼아먹던 물의 갓맑은 입자들
쉼표도 없이 앞만 보며 달리는 물빛은
바람과 허공이 분리된, 온도가 달라지는
계절의 변화에도 개의치 않고 순리대로 묵묵히 간다
나름대로 질서와 무질서가 공존하던 시간
그 안에는
크고 작은, 높고 낮은 숨구멍이 어우러져 살고 있다
공중에서 아래로 하강할 때만 붙여지는 물방울이라는 이름
그것으로 숨구멍을 키우던 비둘기는 모두 어디로 갔을까
떨어지는 찰나처럼 재빨리 사라진 비둘기 너머
고요를 펜, 폭포가 요란하다

물줄기가 무너진 현란한 무늬 사이로
하얀 물보라가 모래처럼 둔탁하게 가라앉는다
돌을볕이 폭포 쪽으로 가까워질수록
연둣빛 이파리에 밤새 매달려 있던
비둘기 울음소리가
창창한 허공을 열고 있다

한탄강을 필사하다

이 은 영

귀를 감는 물소리 따라 새소리도 흐른다
자연이 만들어낸 중력으로 달려온 경사와 협곡
끊어질 듯 이어지는 물의 수위 따라 갈라지는
용암을 품은, 뜨거운 강
한반도의 허리를 가로지르는 강 위로
화산의 흔적이 선명한 뿌리를 공굴렸다
화강암의 갈라진 틈으로
마그마가 곡선의 문양을 새기면
물매진 츠렁바위에 작은 그늘이 빗더선다
얼마나 많은 용암이 이 강을 따라 흘러왔을까
현무암의 가파른 수직 절벽과 뾰족한 화강암
용암을 업은 하천이 현무암의 각도를 깎았다
칼끝처럼 예리하고 아슬한 벼랑 사이로
물이 수위를 놓고 바람이 오므렸던 날개를 편다
강은 시시각각 조금씩 변하고 있다
하루의 고단을 털어낸 물새 한 마리가

산 그림자를 하얗게 걷어내면
노을을 밀어낸 휘휘한 물빛은
발아래 아득한 소실점을 향해 내려간다
여기 미지의 한탄강이 있다
그곳엔 한탄강의
시작과 끝을 함께 하는 벅찬 날이 올 것이다

하늘다리, 하늘을 날다

이 은 영

햇귀가 출렁이는 바람을 말리느라 분주하다
허공을 뚫고 나온 꽃구름이
커다란 해먹 같은 다리를 수평으로 흔들고
먼 협곡 사이를 뒤척이는 무중력의
아슬한 외침을 부추길 때
나뭇잎들은 거뭇한 그림자를 만든다
간헐적인 새소리가 흔들리는 그림자 따라 흐른다
공중을 걷다가 보폭을 덜어내면
금빛 윤슬이 협곡을 향해 아찔하게 달아오르고
하늘로 치솟는 물의 반영은
하늘 끄트머리에 물무늬를 만든다
푸른 무늬는 출렁이는 각도마다
제각각 다른 소리로 울고 있다
바람이 빠를수록 한탄강의 유속도 빠르게 달린다
뜨거운 용암과 차가운 물이 공존하는 곳
그 뜨거움과 차가움을 돌아나온 긴 서사가

물빛 하늘과 하늘빛 물을 우려내
같은 페이지에 담는다
구름 끝에 걸린 허공마다 바람의 밀도를 높인다
그 인위적인 밀도는
하늘다리를 더 세차게 흔들어
울렁이는 발이 바닥에 닿지 않는다

■ 수상 소감

이 은 영 / 제4회 한탄강문학상 은상 수상자

눈을 뜨자 먼 하늘에서
동살이 희미하게 번져 올 즈음
당선 축하 메시지를 읽었습니다
매너리즘에 빠진 일상 속에 비치는
한 줄기 빛이었습니다

휴전선을 가로지르는 한탄강은
민족 비탄의 아픈 물결입니다
한탄강을 통한 한반도 분단의 의미를
되새기자는 마음으로
공모전에 응모하게 되었습니다

부족한 글을
햇살 가득한 세상 밖으로 꺼내주신
심사위원 선생님들께 진심으로 감사드립니다
시월의 휘황한 가을처럼 풍요로운 글
사람들과 함께 공감하고 소통할 수 있는
따뜻한 글을 쓰고 싶습니다.

■ 제4회 한탄강문학상 심사평

제시한 소재와 주제 구현에 충실한 작품 중시

한탄강문학상은 2021년부터 매년 공모하여 올해 4번째 문학상을 시상하게 되었다. 제1회 때는 작품 공모에서 특별한 제약 없이 시나 시조 10편을 제출하도록 공모, 456명이 응모하는 성황을 이루었다. 이때 수상작은 작품의 수준을 중시하여 선정했다. 그리하여 작품의 수준은 높았으나 한탄강문학상의 고유성이나 특별성이 없었다.

제2회 때부터는 한탄강문학상의 제정 동기나 문학상 제정의 목적을 구현하기 위하여 소재와 주제를 작품의 공모에 조건을 부여하였다. 작품 내용의 제한 규정 때문인지 1회 때보다 응모자가 많이 줄었다. 그리하여 3회 때는 2회 때의 소재와 주제의 범위를 확대하여 용서, 사랑, 평화를 추가하여, 창작의 범위를 확대하고 3~5편을 제출하도록 했다.

이번 4회 공모에서는 소재와 주제를 3회 때와 비슷하게 제시했으나 '화해'의 주제를 하나 추가하고 작품 편수는 5편을 제출하게 하였다. 그 결과 응모자가 3회 때보다 80명이 늘어났다. 그리고 이번 제4회 공모에는 내용 조건으로 제시한 소재와 주제의 작품이 많아 반가웠다.

이번에 응모한 작가는 240명이었으며 작품 수는 무려 1,200여 편이다. 응모한 작가들은 제시한 내용을 쓰기 위해 많은 노력을 기울였음을 발견할 수 있었다. 한탄강문학상에서 제시한 내용, 즉 '한탄강과 연천의 비경이나 애환, 한반도 분단과 통일, 용서와 화해, 사랑, 평화' 등의 소재와 주제를 작품에 구현한 작품을 중시하여 수상자를 선정하게 되었다. 최종심에 오른 작가들의 작품을 놓고 장시간 치열한 논의 끝에 최종 당선 작가의 순위를 결정했다.

이번 제4회 한탄강문학상의 응모작품은 종자와시인박물관 운영위원 7명이 심사위원으로 참여하였다. 이번 수상자 선정에서 중시한 것은 제시한 소재의 고유성이나 특성을 작품에 반영하였는가, 제시한 주제에 대하여 진지하게 구현하고 있는가에 중점을 두었다.

대상에 선정된 홍영수의 시 「통로가 되고 싶은」은 남북이 첨예하게 대치하고 있는 현실, 나날이 높아지는 총칼과 언어의 장벽, 그 모든 것을 걷어내려는 노력을 계속해야 한다는 의미를 담고 있다. 그래야 언젠가는 평화가 찾아오리라는 것을 기대하고 있는 작품이다. 특히 '그날을 빗는다'는 생소한 표현이지만, 참신함이 돋보이고 참여와 순수의 영역을 동시에 구현하였다. 홍영수의 시 작품은 소재와 주제 의식이 분명하고 5편 모두 주제 구현에 충실한 표현력을 높이 평가했다. 앞으로 이 작가의 날카로운 혜안과 역사의식에 바탕을 둔 작품들이 창작되기를 기대한다.

「큰 여울, 그녀」도 "낮은 자세로 제 몸 옮겨가는 / 말 없는 큰 여울, 그녀가 / 강물의 언어로 평화를 그리며 흐르고 있다."를 통해서 한탄강이 겪어온 인고(忍苦)의 세월과 평화를 염원하는 두 얼굴을 예리하게 포착하였다. 「신답리 고분」 역시 '고구려의 영혼이 잠들어 있다는 것을 아는 지

는 불과 얼마 전의 일이라는' 글귀에서 현대인들의 역사의
식에 대한 부재와 무관심을 지적하고 있다. 그럼에도 불구
하고 이 작품에 문학적 가치를 부여한 것은 "긴 시간의 아
랫도리를 한탄강에 씻기면서 망각의 기억 속에 검은 돌을
베고 누워 있다."라는 뛰어난 시적 표현에 점수를 주었다.
「재인폭포」는 올곧게 낮춘 자의 도저한 품격과 순수와 열
린 마음으로 재인을 표현하고 있는 시인의 의식을 엿볼 수
있는 작품이다. 「반도의 반달」은 "두 개의 물방울이 만나
면 / 하나의 물방울이 되듯 / 반달과 반달이 만나면 온달이
되겠네."에서는 시인의 역사에 대한 정체성이 두드러져 있
다. 우리는 이 시를 통해 시인이 무엇을 원하는지, 지금의
한반도가 처한 현실을 어떻게 보고 있는지를 엿볼 수 있다.
  금상으로는 최재영의 시 「포탄밥」 외 4편을 선정했다.
그의 「포탄밥」은 과거 연천 지역인들의 사실적인 애환의
소재이며 주제다. 역사적 사실을 시로 녹여낸 수작이다. 연
천 고문리의 포탄 사격장에서 탄피를 주워 먹고 살던 과거
시대의 현실을 효과적으로 환기시켰다. 「노인의 독서」의
배경은 철원의 월정리이고 「학저수지」 역시 철원에 소재
하고 있지만 제시한 소재와 주제에 관련성이 있고 분단의
애환을 담고 있어 금상으로 선정했다.
  은상 수상 작품으로는 박성민의 시조, 「목울대를 노래하
다」를 선정했다. 시조의 내용이 짧지만 담백하고 응축된
효과를 발휘하고 있다. 박 시인의 시조 작품은 5편이 고른
수준을 보이고 있으며, 한탄강을 삶의 터전으로 살아가는
사람들의 삶과 떨칠 수 없는 애환을 효과적으로 표현하고
있다. 연천 지역의 아픈 과거와 현실을 체험적으로 묘사하

였으며, 시조의 고유한 틀을 지켜 한탄강 문학상의 취지에 부합하여 은상으로 선정하였다.

은상 수상자인 이은영의 시「끝나지 않은 귀환」은 과거 전쟁과 현재의 아픔을 같은 시점으로 연결하려 한 작품이다. 전몰장병의 유해 발굴, 피가 흐르지 않는 발가락뼈, 폭격에 찍힌 군인, 백골을 먹으며 자란 나무 등의 소재로 전쟁의 아픔을 생생하게 표현한 점이 돋보였다. 다른 4 작품에서도 주제를 구체적, 사실적으로 묘사한 시인의 노력과 능력을 인정하게 되었다.

이번 수상작 외에 시적 완성도가 높은 좋은 작품도 있었으나 소재의 고유성이나 특성이 사실과 거리가 있어 수상작으로 올리지 못한 아쉬움이 있다.

그리하여 제4회 한탄강문학상 수상작으로 선정한 작가와 대표작은 다음과 같다.

○ 대상(시) : 홍영수의 「통로가 되고 싶은」 외 4편
○ 금상(시) : 최재영의 「포탄밥」 외 4편
○ 은상(시조) : 박성민의 「목울대를 노래하다」 외 4편
○ 은상(시) : 이은영의 「끝나지 않은 귀환」 외 4편

이번에 제4회 한탄강문학상에 응모한 작가님들께 감사드리며 다음 기회에 응모하여 수상의 영예를 누리시길 기대한다.

- **한탄강문학상 심사위원 일동**
(채찬석, 김석표, 이병찬, 전현하, 김태용, 이순옥, 박하경)

부록 1

한탄강문학상
1~3회 수상자 명단

제1회 한탄강문학상 수상자 명단

● **대상** - 김영욱(필명 김이웅) 시 「호사비오리」 외 9편

* 2002년 『시산맥』 등단
* 제1회 직지신인문학상 시 당선(2018)
* 해양문학상 수상(2020) 등 수상

● **우수상** - 정정례 시 「붉은 기린」 외 9편

* 월간 『유심』 신인문학상 등단
* 대한일보 신춘문예 당선, 천강문학상 등 수상
* 시집 『시간이 머무는 곳』. 『시래기 꽃피다』 외 다수

● **가작** - 노창수 시 「다이너스티튤립 한 줄, 아니면
　　　　　　　　　　클리워터튤립 줄 둘」 외 9편

* 1973년 현대시학 시 추천1979년 광주일보 신춘문예 시 당선
* 1991년 『한글문학』 평론 당선
* 시집 『거울기억제』 외 9권, 논저 및 평론집 『한국현대시의 화자
　연구』 외 6권, 한글문학상 외 다수 수상
*

● **가작** - 유영희 시 「균열의 시간」 외 9편

* 2004 『문학공간』 시 신인상 등단
* 시집 『들꽃의 이름으로』, 『내가 웃는 동안』
* 경기도문학상 등 수상

제2회 한탄강문학상 수상자 명단

● **대상** - 지연구 시 「한탄강」 외 2편

* 2014 충북작가 신인상 수상
* 2017 평사리문학대상 수상
* 2018 김만중 문학상 은상 수상

● **금상** - 조현상 시조 「재인폭포」 외 2편

* 경기 연천출생. 2004년《책과 인생》 수필 등단,
* 2009년《조선문학》시 등단, 2016년《시조시학》시조 등단,
* 2016년 중앙일보시조백일장 입상, 2021년 도봉문학상 수상
* 시집 『명주솜 봄햇살』. 수필집 『세월』
   시조집 『송화松花, 붓끝에 피다』, 『삼팔선 빗소리』 외 다수

● **은상** - 이윤훈 시 「휴전선의 봄」 외 2편

* 경기 평택 출생
* 2002년 조선일보 신춘문예 시 당선
* 2021년 동아일보 신춘문예 시조 당선

● **은상** - 안정숙 시 「신망리역 김씨」 외 2편

* 2020 김포문학상 신인상 시 부문 수상

● 동상 - 이옥분 시 「진경산수-비무장지대」 외 2편

* 1994년 시조생활 신인문학상
* 2018년 난대시조공로상
* 2020년 시천시조문학상
* 시조집 『열매가 맺는 자리』, 『마음으로 쓴 편지』
  『그늘을 위한 변명』

● 동상 - 손근희 시 「아우라지 베개용암 강가에서」 외 2편

* 1964년 충남 당진 출생
* 2020년 '월더니스문학' 신인상 수상 등단

● 동상 - 박종익 시 「아름다운 이름이여」 외 2편

* 2016년 한국예총 「예술세계」 시 부문 신인상 등단
* 한국해양문학상, 최충문학상, 안정복문학상, 정도전문학상
  삼행시문학상, 전국호수예술제 대상 수상
* 한국예총, 고양문협, 예술시대작가회, 아토포스 문학 회원
* 시집 『나도 마스크』, 『냉이꽃 당신』
  모바일 시집 『코로나 유감』, 『쓰러지지마』

● 동상 - 최혜영 시 「청춘의 빛」 외 2편

* 서울출생
* 다시올 문학 2009년 겨울호 시 등단
* 군포문인협회 회원 다시올 문학 전망동인
* 시집 『그 푸른빛 안에 오래 머무르련다』

● 동상 - 김완수 시 「주상절리를 바라보며」 외 2편

* 2013년 농민신문 시조, 2014년 제10회 5.18문학상 시
  2015년 광남일보 시, 2021년 전북도민일보 소설 당선,
  2016년 《푸른 동시 놀이터》 동시 추천, 제2회 금샘문학상 동화 대상
* 시집 『꿈꾸는 드러머』, 단편 동화집 『웃음 자판기』
  시조집 『테레제를 위하여』(2022)

제3회 한탄강문학상 수상자 명단

● **대상** - 반연숙 시 「섶다리」 외 2편

* 한국작가 신인상
* 추억의 뜰 자서전 작가, 음성문인협회 회원
* 둥그레 시 회원, 제1회 충북 시축제 은상, 직지사 공모전 수상

● **금상** - 진순분 시조 「재인폭포에 들다」 외 2편

* 한국문인협회, 국제펜 한국본부 회원
* 경인일보 신춘문예 당선, 문학예술 시 부분 신인상 당선
* 가람시조문학상, 올해의 시조집상, 윤동주문학상, 한국시조시인협회상
수원예술대상, 시조시학상 본상, 한국시학상, 수원문학작품상 수상
* 시조집 『익명의 첫 숨』 외 다수

● **은상** - 최형만 시 「여기 한탄강에서 듣는다」 외 2편

* 2020년 동리목월 단편소설 신인상 등단
* 원주생명문학상 대상, 중봉조헌문학상 대상
* 천강문학상 시 부문 대상

● **은상** - 김종길 시 「님 계신 곳 바라보며」 외 4편

* 전 문화기획 '열림' 대표
* 현 연천토마토학원 원장, 연천 미 연희단 단원
* 희곡작품 『1919, 임진강, 봄』 연천 수레홀 아트홀 공연

● 동상 - 김용의 시 「재인폭포」 외 2편

 * 열린문학 시부문 신인상 수상
 * 한국미소문학 시조 부분 신인상 수상
 * 경기문화재단 창작 지원금 수혜
 * 시집 「제 자리에서 빛나는 것이 아름답다」 외 2권

● 동상 - 김봉임 시 「통일전망대에서」 외 4편

 * 문예운동 신인상 수상, 제1회 을산아동문학상 신인상
 * 울산전국시조공모 차상 수상
 * 울산문인협회, 울산시조시인협회 회원
 * 울산아동문학회, 울산문학수필담 회원
 * 시집 『생각나면 또 올게』

부록 2

연천의 명소를 찾아서

1. 연천의 관문

2. 6.25참전 기념탑

6.25참전용사상

3. 38선 표지탑

4. 연천군청

4. 2023년 연천 국화축제

4. 종자와시인박물관 명언을 찾아서

여보게 !
매일 만나는 사람의 가슴에 자네의
따뜻한 마음을 심어야 봄이 온다네.

여보게 !
입을 닫고 산다는 것은
마음을 열고 사는 것이라네.

여보게 !
자네가 걸려 넘어지는 것은
태산이 아니라 작은 돌부리라네.

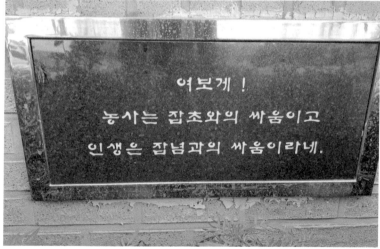

여보게 !
농사는 잡초와의 싸움이고
인생은 잡념과의 싸움이라네.

여보게 !
쓰러지는 것보다 중요한 것은
다시 일어서는 것이라네.

여보게 !
아름다운 세상에 존재하는 것은
진리가 아니라 믿음이라네.

부록 3

종자와 시인박물관
정원의 시비

● 종자와시인박물관 정원의 시비

박물관 정원에 조성된 시비 공원은 산책로를 따라 현재 국내 문인들의 시비 50기가 설치되어 있으며, 계속해서 시비를 세워 나갈 계획이다.

01 김용원 02 박정임 03 김은숙 04 이해인 05 임상섭 06 장지섭 07 이용휘 08 최봉희
09 박현태 10 강미경 11 박인옥 12 백인덕 13 박공수 14 김영래 15 강영서 16 불효자
17 박창빈 18 도종환 19 안진호 20 김대규 21 송연화 22 박필상 23 임경자 24 박정진
25 박수진 26 채찬석 27 신준희 28 임병호 29 강기옥 30 홍순창 31 현종헌 32 정호승
33 노광희 34 유재복 35 권장수 36 이숙희 37 이오례 38 이재학 39 김영애 40 송인식
41 김주희 42 홍순례 43 김용월 44 이승하 45 나해철 46 임재화 47 차용국 48 성명순
49 지암스님 50 류시호

내 삶의 나무

김 용 원

전철이 바장조의 리듬을 타고
물살에 엎혀진 몸처럼 흘렀다
모두 하루를 숨기고
조용히 신음하는 소리가 들린다
터질 듯
깨질 듯
출렁인다

신성한 노동의 끝
각자 귀가하는 그곳은
번데기처럼 작아져도
편안하다

● 시비 2

해달이

박 정 임

너는 지상에서 가장
성스럽게
생을 마감하는
꺼져가는 작은 숨결마저도
살아있는 모든 것들에게 나눠주고 갈 줄 아는
고귀한 영면(永眠)
너의 생명은 오직
산 자의
첫울음으로만 열 수 있다

꽃 씨

김은숙

손바닥에 소복한
이름 모를 꽃씨는
햇살이 무거워서
허공을 돌던 바람

갈대밭에 주저앉은
슬픔인 조각달

까만 밤을
미처 다 새지 못하고
그리움의 모퉁이마다
꽃을 토해 놓는다

● 시비 3

꽃씨

김 은 숙

손바닥에 소복한
이름 모를 꽃씨는
햇살이 무거워서
허공을 돌던 바람

갈대밭에 주저앉은
숨죽인 조각달

까만 밤을
미처 다 세지 못하고
그리움의 모퉁이마다
꽃물 토해 놓는다

● 시비 4

가을 편지 2

이 해 인

떠나면서 머무는
흰 구름인가요
머물면서 떠나는
바람인가요

오늘도 나는
편지를 쓰지 못합니다
내가 그대에게
하고 싶은 모든 말들이
가을 속에
들어있기 때문입니다

오래오래
가슴 속에 숨어
사랑할게요

● 시비 5

온도계

임 상 섭

곡예의 공간
얕게 움직이는 진동 추
있는 듯 없는 듯 존재로
뜨거운 가슴
오르내린다

어느 날
근심 응축시켜 담아
뚝 떨어지면
차가운 몸살을 앓는다

날마다
혈관은 그네를 타며
한 사람의 생을 부풀린다

바람 둥지

장 지 섭(장호수)

산다는 건
시간 속을 거니는 것

초침 소리 위에 둥지를 튼다

바람이 거세거나 잔잔하거나
맞서거나 뒤돌아서거나

절절한 변주곡 같은 생의 소롯길

가끔은 누군가
뜨거운 커피처럼 다가와서

말 한마디
정겹게
붙여줬으면

당신은 아시나요

이 용 휘

당신은 아시나요?
이른 봄 키 작은 꽃들이 당신에게 미소 짓는 것은
지독한 추위에 이 앙다물고 견딘 세월이라는 것을

당신은 아시나요?
목련이 보석같은 잎을 떨구면서도
슬퍼하지 않는 것은
떠나가는 청춘에 미련을 두지 않기 때문이란 것을

당신은 그거 아시나요?
슬픔이 당신을 안고 있는 것이 아니라
놓아도 될 세월의 아픔을 꼭 잡고
슬픔의 무릎에 앉아 있기 때문이란 것을

이제는 그냥 놓아주세요
당신을 힘들게 하는 인연이라면

사랑꽃

최 봉 희

메마른
땅을 일궈
제 삶을 갈아놓고

한 마음
오롯한 꿈
씨앗을 뿌려놓고

발그레
꽃등 켜는 날
기다리며 산다오

눈이 오네

박 현 태

외등 머리에 눈이 오네
살구꽃잎 같다

나비 같기도 하고

다 잠들고
늘 혼자서
세상의 적막을 지키는데

고요한 밤이 샘물같다

틈

강 미 경

숲속에서
길을 놓쳐 산 아래
소리 쪽으로 방향을 트는 순간
사방이 가시밭이다

잠시 눈을 감는다
바람 한 올 이마를 더듬고 간다
틈을 찾아야 한다
햇살이 감은 눈을 두드린다

사는 동안 어디에서도
내가 선 자리가 유일한 틈이었다
가시나무를 밀치며 조금씩 공간을 넓힌다

바람의 말

박 인 옥

하늘 빛깔 따라서
칙칙하게도 맑게도 계절은 왔다가 떠난다

맥박처럼 소리 없이 먼지입자 쌓이는 일상
파란 어둠 속 밤이 되면
무연고 묘지의 주인 되어 하늘 아래 눕는다

나의 왼손과 오른손은 대칭으로 붙잡고 눕는다

사랑에게

백 인 덕

약국을 지나고 세탁소를 지나고 주인이 졸고 있는 슈
퍼를 지나
비디오 가게를 지나고 머리방을 지나고 문구점을 지나서
아이들이 버린 놀이터를 지나 네거리 신호등 앞

사랑아, 네게로 가는 길은 규칙이 없다
.

놀이터를 지나고 문구점을 지나고 푸른 듯 머리방을
지나고
비디오 가게를 지나 주인이 졸고 있는 슈퍼를 지나고
세탁소를 지나고 약국을 지나 영원히 …

창문

박 공 수

진정으로 사랑한다는 것은
서로의 벽을 허무는 게 아니라
그 벽에 창을 내는 일이려니

우리, 벽을 허물지는 말고
예쁜 창을 내도록 해요
서로의 그리움이 통하다 보면
우리들 사랑도 싹트겠지요

창으로 해서 벽은 더욱 신비해지고
벽으로 하여 창은 더욱 빛이 나네

아름다운 창이 있어
당신의 벽을 존중합니다
흔들림 없는 벽이 있기에
당신의 창문을 애타게 바라봅니다

씨앗

김영태

오미자를 달여 마시다가
열매 속에 든 씨를 발견한다
태아모양이다
담갈색 광택이 나는,
녹두 절반 크기의 씨앗은
아주 단단해 자기(光磁) 속에서
영롱한 금속성을 낸다
음의 씨앗이다
한 줌 집어 떨어뜨리면
십육분음표의 청아한 꼬리를 달고
대(大) 바흐의 인벤션 속으로 달려간다
이 한 알 한 알의 씨앗이
저마다 한 그루의 오미자나무로
자라났을 것을 생각하면 가슴이
두근거린다
큰 스님의 사리를 마주하는 것 같다

씨앗

김 영 래

오미자를 달여 마시다가
열매 속에 든 씨를 발견한다
태아 모양이다
담갈색 광택이 나는
녹두 절반 크기의 씨앗은
아주 단단해 자기(瓷器) 속에서
영롱한 금속성을 낸다
음의 씨앗이다
한 줌 집어 떨어뜨리면
십육분 음표의 청아한 꼬리를 달고
대(大) 바흐의 인벤션 속으로 달려간다
이 한 알 한 알의 씨앗이
저마다 한 그루의 오미자나무로
자라났을 것으로 생각하면 가슴이
두근거린다
큰 스님의 사리를 마주하는 것 같다

● 시비 15

무자비석(無字碑石)

강 영 서

상처 있는 비석이라
눈길 돌리지 마라
아픔 없는 삶이
무엇을 남기랴

문자 없는 비석이라
가벼이 하지 마라
심금 울릴 명문(銘文)은
가슴에 아로 새겨지는 것

그 누가 지금
그대의 비문을 쓰려한다면
한 자락 바람 같은 세월
아무 말도 새기지 말라 하라
문자 없는 비석인들 어떠랴
거기 한 사람 찾아와
마른 잔디 위에 추억은
그 또한 아름다운 삶이 아니겠는가

아버지의 그릇

불효자 신광순

살아생전 빈 그릇
가셔서도 빈 그릇

내 가슴에 슬픈 그릇
저미도록 아픈 그릇

당신 닮아 빈 그릇
더 채울 것 없는 그릇

내 아버지 산소 앞에
개망초만 가득하네

어머니의 세월

불효자 신광순

아픈 세월 접어두고
자식 위해 흘린 땀
한탄강을 이루었고

호밋자루 움켜쥐고
소리 없이 삭힌 세월
허리처럼 굽어졌네

말을 잃은 우리 엄니
눈가에는 눈물만
그렁그렁

감자꽃이 피다

박 창 빈

압록강 건너며
빌고 또 빌었습니다
북녘땅에 핀 감자꽃이
평화의 꽃이 되기를

대동강 강가에서
눈물로 호소했습니다
감자꽃으로 하나 된 우리가
더 큰 우리를 만들어 가자고

감자를 닮은 평화의 나눔이
이제 우리의 미래입니다
감자꽃이 활짝 피었습니다
이제 편안히 눈을 감겠습니다

당신의 무덤가에

도 종 환

당신의 무덤가에 패랭이꽃 두고 오면
당신은 구름으로 시루봉 넘어 날 따라오고
당신의 무덤 앞에 소지 한 장 올리고 오면
당신은 초저녁별을 들고 내 뒤를 따라오고
당신의 무덤가에 노래 한 줄 남기고 오면
당신은 풀벌레 울음으로 문간까지 따라오고
당신의 무덤 위에 눈물 한 올 던지고 오면
당신은 빗줄기 되어 속살에 젖어오네

아! 바람

안 진 호

바람이다
태어남이

바람이다
만남이

바람이다
죽음이

바람이다
다 바람이다

엽서

김 대 규

나의
고향은
급행열차가
서지 않는 곳

친구야

놀러 오려거든
삼등 객차를
타고 오렴

꽃물

송 연 화

저만치서 걸어오는
발자국 소리에
빨강 봉선화 피었다

그리움이 뚝뚝
추억은 저만치서
어서 오라 손짓하는데

빨강 꽃물들이면
첫사랑 눈 올때
만날 수 있으려나

바다

박 필 상

바다는 엄마처럼
가슴이 넓습니다
온갖 물고기와
조개들을 품에 안고
파도가
칭얼거려도
다독다독 달랩니다

바다는 아빠처럼
못하는 게 없습니다
시뻘건 아침 해를
번쩍 들어 올리시고
배들도
갈매기 떼도
둥실둥실 띄웁니다

● 시비 23

철부지 아내

임 경 자

언제였던가
기분 좋은 날들
잊었던 세월 꺼내어
묻혀버린 날을
펼쳐보니
남는 건
두고 간
맑은 연못에 비친
환한 얼굴
시 한편 건져
아직도 웃고 있구나
철부지 아내

타향에서

박 정 진

내 고향이 당신에겐
타향인 줄 이제야 알았습니다.
내 사랑이 당신에겐
낯설음인줄 이제야 알았습니다
타향을 살다간 당신을 사랑하며 때늦게 살라하니
별빛처럼 아득하기만 합니다
하루가 평생이 되고
사랑이 용서가 되길 바랄 뿐
별빛을 받으며 밤새 낯선 편지를 쓰면
하얀 백지를 뚫고 주체할 수 없는
부끄러움이 샘물처럼 솟아오릅니다
밤이 왜 낮과 번갈아 숨 쉬는가를
새벽에야 알았습니다
평화란 용서의 씨앗이자 결실이라고
여명은 속삭여 줍니다
여정이 끝나는 날까지
홀로 남은 나그네는
먼 지평을 서성이며
샘물 같은 편지를
당신의 하늘가에 띄울 작정입니다

나의 별에 이르는 길

박 수 진

가벼워야 하리
가난한 내 영혼
저 하늘 빛나는
나의 별에 이르기 위해
비우고 덜어내
아, 가벼워야 하리
흐린 눈으로는 가지 못하리
미움과 욕망의 마음으로는
더욱 못 가리
날마다 뜨거운 눈물로 씻어
맑아져야 하리
저 하늘 맑은 별로
나 돌아가기 위해
비우고 덜어내 가벼워야 하리

명함

채 찬 석

아무도 불러주지 않아
새겨 품은 이름 하나

내놓을 때 얼굴 화끈하지만
그 이름처럼
살려

살아서 지닌 나의
비문(碑文)

이중섭의 팔레트

신 준 희

알코올이 이끄는 대로
너무 멀리 와버렸다

내려야 할 정거장을
나는 자주 까먹었다

날마다
다닌 이 길을
처음 보는 사막이었다

시에 의탁하다

임 병 호

이제 내 여일(餘日)
의탁할 곳은
시(詩)밖에 없네

세상에서
누구를
무엇을 믿고 살겠는가

바라건대 시(詩)여
더 푸른
영혼을 주소서

평행선

강 기 옥

하나 될 수 없는 슬픔일지라도
언제나 함께 할 수 있다는 것은
우리에게 주어진 행복입니다

끝이 보이지 않아 답답할지라도
어디라도 거침없이 같이 갈 수 있음은
세상을 이겨낼 수 있는 희망입니다.

언제나 함께한다는 것이
때로는 무변(無變)의 일상(日常)에
구속 같을지라도
당신과 함께하는 세상살이는
서럽도록 아름다운 동행입니다

혼자인 듯해도
혼자가 아니라는 느낌만으로도
이 세상 살아가는 기쁨입니다

● 시비 30

춘산에 개화

홍 순 창

춘산에 개화한다
뜨거운 그리움으로
너를 기다린다

굽은 저 먼 길로
싱싱한 흙냄새를 풍기며
너는 올 것인가

명아주 열매 입에 물고
가까이 다가와 푸하하허
나의 등을 쳐줄 것인가

그러면 나는 안다
사랑이라고 말하지 않아도
한 꺼풀 벗으면 우리의 또 다른
있어 왔던 세상이 양팔을 벌리고
부드러운 꽃잎으로 서 있다는 것을

아아! 눈이 시리도록
이 봄이 나를 기다린다

● 시비 31

그대 찬란한 빛이 되어

현 종 헌

그대 찬란한 빛이 되어
빈 벌판을 달려오라
제 힘에 겨워
쓰러지는 바람을 부여안으며
빠른 속도로 달려오라
문명의 뒷골목에서 음울한 빛깔로
어느 한 곳에서도 안주하지 못하고
가난한 모국어 한 구절에 의지하여
비틀거리던 지난 날을 뒤로 한 채
아득한 벌판
일어서는 들풀을 휩쓸며
그대 찬란한 빛이 되어
내게로 달려오라

꽃을 보려면

정 호 승

꽃씨 속에 숨어 있는
꽃을 보려면
고요히 눈이 녹기를
기다려라

꽃씨 속에 숨어 있는
잎을 보려면
흙의 가슴이 따뜻해지기를
기다려라

꽃씨 속에 숨어 있는
어머니를 만나려면
들에 나가 먼저 봄이 되어라

꽃씨 속에 숨어 있는
꽃을 보려면
평생 버리지 않았던
칼을 버려라

상처에 대하여

노 광 희

찔레꽃을 보면 생각이 났어
산기슭 언저리에 창백히 서 있는 그 꽃은
숨겨놓은 가시로 나를 경계하지만
나는 이미 찔려 그 아픔쯤이야
산다는 것은 때론 가시에 찔리는 것
가끔은 피 흘려 쓰러지는 것

바람 부는 날 꽃잎 떨어지듯
어느 틈에 상처가 떨어져도
아물지 않은 상처는
스위치를 켜듯 건드리면
또다시 불꽃이 튄다

세상의 그 끝집 바람이 불면
창백히 떠다니는 당신의 꽃잎
우리가 사랑한 시간이 죄가 되어
당신은 저 산으로 유배되었다
희디흰 찔레꽃으로

나무

유 재 복

바람 분다
마음 빗지 마라
가지가 많으면
엉키고 부딪치는 법
천 개의 가지가
다른 곳을 바라보아야
그대, 그늘이
풍성하지 않을까?

내 일

권장

초입의 오월
밤의 한 복판에
소낙비가 내린 후

듬성듬성 내리는 비 사이로
벌레 먹은 가슴을 끌어안고
주저주저 비비적거리며
걷는 사내

서너 평 남짓한 보금자리에도
갈증을 풀어줄 비라도 내렸으면

하늘을 번쩍 들어
비에젖은 바람을
흠뻑 들이킨다

● 시비 35

내일

권 장 수

초입의 오월
밤의 한복판에
소낙비가 내린 후

듬성듬성 내리는 비 사이로
벌레 먹은 가슴을 끌어안고
주저주저 비비적거리며
걷는 사내

서너 평 남짓한 보금자리에도
갈증을 풀어줄 비라도 내렸으면

하늘을 번쩍 들어
비에 젖은 바람을
흠뻑 들이킨다

단꿈

이 숙 희

언젠가는 여행을 할 거야
될 수 있는 한 멀리 가볼 거야
거기서 다리 아픈 이 더 먼 데를 볼 수 있고
앞 못 보는 사람 발랄하게 걸을 수 있는 곳
그곳에서
가장 맛있는 웃음소리를 만들 거야
배가 터지도록 노래를 부를 거야
다 터져버린 날 그대로 나둘 거야
유쾌하게 한 조각이 되어버린
노래를 꽉 찍어줘
당신이 될게

● 시비 37

담쟁이

이 오 례

자존심 휘휘
벽면 위에 풀어 놓았다
길이 막혔다고 주춤거리지 않고
갈 길이 멀다고 결코 서두르지 않는다
엉긴 마음 겸손하게 끌어안고
묵묵히 일상을 도닥이는
아름다운 동행을 보라
아픔의 흔적을
그들은
사랑으로 덮어가고 있다

가을시

이 재 학

알맞게 익은 사랑의 열매가 구속당한다
삼백예순 날 울안에 갇혀
섭섭해 하던 그 열정 덩어리가
문밖을 향한 그리움
알거라, 계절의 한 모서리를 배회하던 바람도
이제 해 질 녘 사무침이다
두근거림도 사라진 지 오래다
적당한 시절의 안온한 향기
너의 바람도 퇴색되어 가던 그 하루의 충만 속에서
숨김없이 난타 당하던 번뇌의 깊은 골짜기
정성껏 퇴적되길 원하던 갈잎의 휘파람 소리
어떤 형벌도 주저하지 않는다
담담히 흐르는 그 약속 같은 바람
해 질 녘의 고요
초저녁 이른 불빛으로 모여 격정을 함께하는
옛집의 등불이다
그래서 알리라
가장 소담한 한 방울의 꿈처럼
날려가고픈 가을의 한 단편 같은 언어

껍질을 까며

김 영 애

껍질 부서지는 소리에 귀를 기울인다
땅콩이 소우주
들어앉은 충만이 둘이라면
셋으로 혹은 하나로 변주되는 이단의 선택
둥그렇게 움츠린 것은 약한 것들의 지혜
단단한 껍질에 치명적인 각도는
살아있는 것의 운명이라
손가락에 힘주며
부서지는 껍질 앞에 숙연하다

낮달

송 인 식

바람 빨아드린 문풍지에
겨울이 매달려
울고 있는 날

깊이도 넓이도 모르는 강이
내 앞에 흐르고

검고 검어 차라리
하얗게 빛나는 형상들이
제각기 모양을 다듬으며
쓸려가고 있다

별빛 달빛 치장하고 발돋움하고
시공을 한손에 움켜쥐고
소리 지르던 그가
떠난 자리

햇살 몰고 와
새벽을 여는
아침 이슬이 보석같은데

허무가 낮달이 되어
빈 하늘에 가득하다

먼먼 고향

김 주 희

내 어릴 적 겨울 저녁은
멀건 시래기죽 한 사발
두세 두세 두레 밥상
둘러앉으면
사발마다 뜨던
개밥바라기

지금도 내 배꼽 밑
환한
다디단 허기

오늘 밤 이마에
시린
저 별

먼먼 고향

선물

홍 순 례

넘나들 수 없는 새벽안개
행복한 땀 한 줌
외로움으로 되돌아온다

알 수 없는 안개 속 인연
밝은 햇살을
검은 족쇄로 채우지 않는
속 깊은 인연 한 줌 뿌려본다

미지의 새벽안개 속
진실한 자만이
사랑으로 걸을 수 있다는걸
내 나이 이순(耳順)의 선물이었네

채움

김 용 월

끝없는 소리길
지르고 질러본다

북채가 갈라지고
장구가 지쳐 운다

그래도 닿지 않는 소리길
채움의 끝은 어디인가

산천에 엎드려 피 토하니
이제 좀 알 것 같거늘

코끝에 북망산천 와 닿는구나

아픔이 너를 키웠다

이 승 하

오죽했으면 죽음 원했으랴
네 피고름 흘러내린 자리에서
꽃들이 연이어 피어난다
꽃들 진한 향기를 퍼트린다

조금만 더 아프면 오늘이 간단 말인가
조금만 더 참으면 내일이 온단 말인가
그 자리에서 네가 아픔을 참고 있었기에
산 것들 저렇게 낱낱이
진저리치게 아름다울 수 있는 것을

억 새

나해섭

흔들릴 때도
흔들리지 않을 때도

제 자리에서
변함없는

희고
말마른 영혼이

심들의
한 마디 다하지 못해

바람 속에 울고 있다

● 시비 45

억새

나 해 철

흔들릴 때도
흔들리지 않을 때도

제자리에서
변함없는

희고
깡마른 영혼이

심중에
한 마디 다하지 못해

바람 속에 울고 있다

들국화 연가

임 재 화

먼 산자락 저만치서
휘하고 달려오는 가을바람이
살며시 나뭇잎 어루만질 때

이제 떠나도 여한이 없는
빛 고운 단풍 잎사귀
서늘한 바람 앞에 몸을 맡기고

하나둘 낙엽 되어서 떨어져
맑게 흐르는 계곡물 벗 삼아
정처 없이 두둥실 떠나갑니다.

저만치서 달려오는
소슬한 가을바람이 살그머니
들국화꽃을 스쳐 지날 때

차츰 깊어가는 가을날
온 누리에 그윽한
들국화 꽃향기 가득합니다

옹이

차 용 국

뒤틀린 고목의 허리를 감싸 안고
삶의 부침을 견뎌낸 증표처럼 굳은 옹이가
옹알옹알 말을 하는데

주름진 가슴을 쉬 열지 못하는
여윈 고목의 거친 손등 위로
우수수 떨어지는 삶의 파편들

아문 상처를 끄집어내어
그 속을 들여다보는 것은
쌓인 그리움의 목록을 여는 일인데

비가 오는 날이면
다 채우지 못한 추억을 찾아
옹이를 만나러 갑니다

● 시비 48

감자꽃

성 명 순

안반데기만 바라볼 수는 없어
산비탈 짝궁뎅이면 어떠랴
하얀 감자꽃만 소담소담 피면 되지

얇은 껍질을 벗길라치면
가시네 속마음처럼 포실포실
보드라운 감자 속살
아릿한 내음

두둥실 뭉게구름 따라
산으로 올라온 비단 자락같이 부드러운 바람
바람이 바리바리 엮어서 실어 온 사랑
부드러운 능선으로 흘러내리고

그 사랑이 스며
파보지 않아도 실한 알맹이
어여 영글어라
마음 밭 두둑해지는 그을린 얼굴

선암사 매화꽃

지암 스님

매화나무 가지에
참새떼 내려앉는데
후드득 날아가는 것은
꽃이다

추억 속의 봄길

류 시 호

어느 해 봄날
지금 걷고 있는 이 길을
아지랑이 따라서
혼자 간 적이 있다

먼— 먼 기억 속
저 길 모롱이에서 만난
들꽃 꺾어 든 소녀
눈빛이 왜 그리 따사로운지
말이라도 건네고 싶었는데…

옛 기억이 봄빛 속에
향기 되어 날리고
행여 만날까 그리움만 남는구나

■ 2024년 제4회

한탄강문학상 수상 작품집

인 쇄 일 2024년 10월 19일
발 행 일 2024년 10월 19일
발 행 인 신 광 순
발 행 처 (재)종자와시인박물관
편집위원 종자와시인박물관 운영위원

펴 낸 이 한 주 희
펴 낸 곳 도서출판 글벗
출판등록 2007. 10. 29.(제406-2007-100호)
주　　소 경기도 파주시 와석순환로 16. 905동 1104호
　　　　　(야당동 롯데캐슬파크타운)
홈페이지 http://cafe.daum.net/geulbutsarang
E - mail pajuhumanbook@hanmail.net
전화번호 031-957-1461
팩　　스 031-957-7319
정　　가 **12,000원**
ISBN 978-89-6533-288-6 04810